사랑꽃

사랑꽃

2023년 7월 10일 제 1판 인쇄 발행

지 은 이 ㅣ 이춘희
펴 낸 이 ㅣ 박종래
펴 낸 곳 ㅣ 도서출판 명성서림

등록번호 ㅣ 301-2014-013
주　　소 ㅣ 04552 서울시 중구 삼일대로8길 17 3~4층(충무로 2가)
대표전화 ㅣ 02)2277-2800
팩　　스 ㅣ 02)2277-8945
이 메 일 ㅣ ms8944@chol.com

값 10,000원
ISBN 979-11-92945-50-7

사랑 꽃

如華 이춘희 시집

도서출판 명성서림

축하의 글

'강동문인협회'에서 처음 만난 후부터 항상 분주한 삶이면서도 순수봉사단체인 '한국시낭송치유협회' 회원으로서의 활동까지 몸을 사리지 않는 활약을 보면서 이춘희 시인의 성실함을 알고는 있었지만 2021년에 『희망꽃』이라는 아름다운 꽃 시집을 출간을 하고 이번에 다시 두 번째 시집으로 『사랑꽃』이라는 이름의 시집을 낸다고 하니 참으로 놀라운 열정에 감동하면서 진심으로 축하하는 인사를 드립니다.

시집의 제목을 보면 희망에서 사랑으로 이어지고 있는 것에서 필자가 좋아하는 클로버 잎을 생각합니다. 클로버가 많이 있는 곳에 살펴보면 이파리 하나가 매달려 있는 것도 있고 두 개가 매달려 있는 것도 있습니다. 이파리가 하나도 없는 줄기는 말라버리고 말지만 하나라도 달려 있으면 살아있습니다. 평범하지 않은 삶을 이어오면서도 유달리 배려하는 마음이 크신 시인의 성품을 보면 한 잎의 클로버의 꽃말이 '희망'이듯이 시인님의 마음속에는 늘 희망이 자리하고 있었나보다 싶고, 이번에 출간하는 시집의 제목이 『사랑꽃』이라고 하니 두 잎 글로버의 꽃말이 사랑인 것처럼 사랑으로 가득한 듯합니다.

벌써부터 세 번째 시집이 기대되면서 아마도 그 시집의 제목은 세 잎 클로버의 꽃말처럼 『행복꽃』이 되지 않을까 싶습니다.

꽃이 아름답게 피어나는 것은 그 스스로가 돋보이기 위해서가 아니라 튼실한 씨앗을 얻기 위함이랍니다. 자신은 속절없이 떨어져 버리면서도 빈자리에 남겨 두는 씨앗을 키우기 위해 최선을 다하듯이 시인의 마음도 본인보다는 주위 분들을 먼저 생각하는 선한 마음이 이렇게 다시 꽃 시집을 세상에다 내어놓는 것인 줄 짐작합니다. 사랑을 받는 것보다 사랑을 하는 것이 더 행복하다고 했던 유치환 시인의 시처럼 언제나 행복을 만드는 삶이시기를 기원하면서 재삼 축하하는 마음을 전합니다. 이 시집 속에 피어있는 시들이 많은 사람의 마음속에 아름다운 꽃을 피울 수 있기를 바랍니다.

한국시낭송치유협회 회장 도 경 원

蓮花

자꾸만 철없는 소녀처럼
푸른 향기로 다가오는 사랑
미리 생각도 아니한 일이지만
Karma는 소멸되지 않는다

시인의 말

풍경을 보고 꽃을 보면 순간 느낌이 살아 사진을 찍고 시를 쓰며 꽃잎 속 내 안의 이야기를 주고받는다. 조용한 숲길 들길에서 너의 고운 빛, 나의 마음 포개질 때 서정의 둥지 되어 참된 삶의 멋을 알고 기쁨을 나누니 더한 행복이 없다. 오늘도 한 송이 꽃을 향해 발길을 옮긴다.

시를 읽는 고운 얼굴 날마다 순간순간 잔잔한 미소가 피어나는 꽃길이기를 바라는 마음 아름다운 자신의 건강 꽃으로 뜨겁게 피어날 카이로스의 공간이 되기를.

2023년 5월 장미원에서

이춘희

2

●

꽃 속에 꽃이 핀다

4
•
따
개
비
와
조
약
돌

1

초롱꽃

터지는 봄

사월은 푸른 잎 사이로
돌틈 사이로 터지는 이쁜 소리
방실방실 웃는다

송글송글 리듬 안에 터지고
깨진 항아리 속 노오란 민들레
살짝궁 꽃잎 터지는 봄

초롱꽃 고운 꽃심에도
노란 미소가 사르르
꽃눈 피어나고 꽃봉오리 터지고
사랑 꽃도 터지는 봄

목련

길지 않은 짧은 시간
어느 곳에 미련 남겨 놓았나
하얀 숨결 파고드는 그리움

바람결에 한 잎 두 잎
낙화되어 머무는 곳
그대 안의 꽃이 핀다

하얀 빛 흐름의 순간
시공을 넘나드는 자유함
사유의 계단을 오른다

산벚꽃

시간의 존재 안에 빛과 그림자
닫힌 꽃잎 열리는 향기
순수한 빛의 아름다움

푸른 숲에 하얀 산벚꽃이
가까이 더 가까이 오라 손짓한다
돌틈 사이 목이 길어진 제비꽃

수줍음 바람에 실어 보내고
연분홍 눈빛 곁 눈질 하는
숲속의 하모니

서쪽 하늘 노을빛이 유난히 붉다
시심 안의 삶의 기쁨 하나 되어
산벚꽃 하늘 향해 솟구친다

바위샘

눈 감아도 떠오르는 바위샘
이끼 향기에 꿈꾸는 풀꽃
진주빛 영롱함

샘물 속 실 뿌리 행복한 미소
동그란 부드러움의 굴레
보듬어 주는 동산의 춤사위

붉은 꽃 하얀 꽃 할미꽃의 맑은 가락
산수원의 봄은 피고 지고
연분홍 바람이 언덕을 오른다

조개나물

꽃신 신은 새색시
설레는 마음 연분홍 이파리
사뿐 무지개다리 건너간다

아름드리 자작나무 아래
보랏빛 조개나물꽃이
속삭이는 늦은 봄

흐르는 시간 따라
그리움 한 점 사랑 한 줌
슬그머니 업고 가는 나그네 마음

애기똥풀꽃

바위틈에 애기똥풀꽃 노란 웃음 마주하네
꺾어진 줄기 사이 노란 수액
애기똥 닮아 그 이름 안고 살지

시냇가 쇠뜨기 풀과 남매 같이
웃는 꽃 강원도 산골짝 세월 풍상
푸르스름 바위틈 고고한 이끼

사계절 품어주는 바위의 온기
도란도란 피어나는 노란꽃
그리움 삭히는 긴 여름날
한 뼘 두 뼘 솟아오르는 사랑꽃

함박꽃을 보면

하늘빛은 뿌연 잿빛
동산은 짙은 녹색 갈아입고
아카시아 향기 스칠 때

아버지 품에 안기듯 행복하다
시간을 멈출 수 있다면
함박꽃 봉오리 오랜 시간 바라볼 수 있다면

그리운 얼굴들 보고 싶다
그 사람 그 사랑이
물결처럼 너울거린다

꽃잎의 소리

송글송글 꽃송이
가지마다 연초록 새순
아름다운 빛 흔들림으로

깊은 정 나누어요
풍경소리 허공을 부를 때
나뭇잎에 대롱대롱 고운 무지개빛

계절마다 찾아와 향기 보듬고
곰실곰실 곱게 살라하네
사랑받고 사랑주며 꽃처럼 살라하네

베고니아

벌어진 다홍빛 꽃잎
아침햇살 포옹한다
양귀비꽃보다 한 빛 더 고아라

365일 만에 피어난 다섯 송이
부드러운 비단결 속살 같아라
시절 인연에 두 볼 비비며

푸른 정경 바람도 힐끔
몽실몽실 매달린 베고니아
다홍빛에 열정 함께 가는 길

초롱꽃

부끄러움에 수줍음이 철철
통치마 두르고 꽃술조차
감추인 초롱꽃

두루두루 햇살 먹고
이슬방울 넌지시 건네는 미소
자연 속의 초롱꽃 반딧불 마주보며
어우르는 꽃놀이

목마름의 이슬 터는 숲의 궁전
초롱꽃 초롱불 밝히며
유연한 몸짓 오르고 또 오른다

23

숲속의 행복

숲 속의 참나무 새순은 야들야들
떨림의 손짓을 한다
불현듯 숲 속을 거닐고 싶다

그리움의 꼭지를 바라보듯
담장마다 씨줄 날줄 엮는 꿈
장미의 끄덕이는 긍정의 눈빛

한 잎 두 잎 마주보는 미소
피어나는 향기
가슴에 헤일 수 없는 행복을 담는다

초록잎 위로 물방울 떨어지는 찰라
장밋빛 업고 가는
산들바람

풍경

가지마다 푸르름 바람을 불러요
너무 조용하니 외롭다고
언제나 그 자리 네가 있듯이
그리운 그림자

숲 속 안개비 헤치고
달려가는 보금자리
느티나무 아래 나비 닮은 달개비
꿈을 펼친다

그림자 길어지는 어느 날
연인들의 휘파람 소리
젊은이의 스케치 방울방울 톡톡 무지개빛
풍경을 그린다 청춘은 꽃보다 아름답다고

사랑꽃

두 마음 한 마음
나는 기분

붉은꽃 사랑꽃
깊은 산속 함께 피어요

푸르른 숲의 향기
어느새 정상의 메아리
봉우리에 활짝 핀 꽃송이

둘레길

비바람 스치고 간 자리
금계국 개망초 비스듬히 누워
웃고 있다

솔바람 불어와
볼 비비며 달래주고 위로한다
하얀 미소로

돌고 도는 둘레길
너도 나도 눈빛 인사
정든 길 정든 사람

언제나 반기는 살가운 길
눈 감아도 찾아가는 사랑의 둘레길
삶이 지나가는 소리

가래여울

하늘빛 강물 닮은 빛이여
닿을 수 없는 아쉬움
바라보고 바라보는 연민

바람은 물길을 열고
더불어 살아가는 생명수
가래나무가 많아 지명이 된
가래여울

새털구름 수면 위에 잠들고
두둥실 그리움 흘러간다

인연

한 송이 꽃이 아름답게 다가온 것은
때가 되어 그냥 핀게 아니지
부드러운 흙과의 인연되어

꽃술을 만들며 단단한 봉오리
한 잎 두 잎 피어날 때
온 힘으로 피어나듯이

꽃 중에 꽃
꽃빛 나눔의 인연
어쩌다 높은 산 바위틈 단풍보다
짙은 인연 꽃 피우나

비켜갈 수 없는 애달픈 인연
마음의 두 글자 인연의 강
유유히 흘러가리

옹달샘

작고 오목한 옹달샘
늘 맑은 물이 솟아나고 있다
아침 안개 피어나듯

깊고 깊은 숲속
보이지 않던 물줄기 한 줄기 되어
가슴에 흐르는 맑고 고운 물소리

풀잎에 맺힌 은빛초록 뭉방울
달님도 반가워 밝게 웃는다

마음 한자락 끝에서도
여운으로 남아 솟고 솟아오르는
옹달샘

풀꽃

눈 감아도 떠오르는 바위샘
돌틈 사이 꿈꾸는 풀꽃

진주빛 영롱함 부드러운 빛
가고 오는 동그란 사랑

보듬어 주는 배려
피어나는 희망
첫새벽 눈빛 인사 나눈다

봄날의 기쁨

가벼운 발걸음으로 다가선 넓은 정원엔
노란 꽃술 품은 산수유 한들한들
붉은 열매 가을 빛 떠오르고

백매 홍매 마주보며 웃음꽃 피는
삼월 하순 가지마다 작설처럼 돋는 새순
큰 나무 가지 끝 봄의 왈츠가 흘러내린다

순간의 찰라 기쁜 소식 마주하니
하늘빛은 꽃구름 되어 상상의 나래 펼쳐진다

마음의 고향 언덕
꽃다지 냉이 캐던 손등 위로 펄쩍
높이뛰기 하던 청개구리
다시 만져보고 싶은 봄날의 추억

꽃바람

기다림의 여운
꽃망울 곧게 피운 향기
설레는 마음으로

여린 줄기 정 하나로
묶어버린 그리움
피어나는 꽃으로

시나브로 붉게 물든 빛
꽃봉오리 피어나는 기다림
영원한 한 떨기 꽃으로

감미로운 리듬의 율동
뜨겁게 스며드는 꽃물
차오르는 진주빛으로

치자꽃

향기 맑고 순결한 빛

단아한 자태

그 향기에 취해 한 밤을 새우고

열매의 혼신

노오란 물빛 날개

치마폭 황금빛 춤추는 희망

산 너머 순이 생각

한없는 그리움을 토해낸다

순결한 빛 향기 날리며 날리며

목에 걸린 꽃

그리운 날엔 너를 본다
연두빛 옷자락 살포시 밟아
돌아보는 그리움

멀리 보이는 미소
애써 눈물 감춘 쓰라림
바구니 속에 머무는 꽃이여

마지막 한마디 전하고 싶은 말
뱉지도 삼키지도 못한
목에 걸린 꽃잎 피멍으로 남았네

숙명의 날개

이슬 맺힌 여린 줄기
계곡의 바람에 휘청 거린다
초록으로 다가선 바람

자작나무 사이 무지개빛 하늘
돌아보지 않는 바람
운명 같은 우연의 끝길을 오른다

거미줄 같은 끈끈한 정
바람이여 파도여
반석 같은 믿음이여

내 사랑 군자란

사랑의 빛처럼
화들짝 놀라움으로 다가온 꽃
뜨겁게 벙글며 가슴으로 파고드는 빛

섬섬히 피어오르는 눈부신 꽃
휘감는 햇살의 미소
꽃심에 머무는 정점

그리움 아픔도 씻어 버린 날
애틋한 순간을 묶어 버린 오후

해맑은 모습으로 찾아온 빛
투명한 바람 속 돌아오는 길
빛 고운 꽃이 있어 웃을 수 있고
행복을 말할 수 있다

채송화

나의 사랑

나의 기쁨

행복을 꽃 피운다

설렘 속 핑크빛 봉우리

햇살에 오물오물 피어난다

핑크빛 송이송이 어우르는

낮은 곳에 무욕의 평온

해님 따라 방긋방긋 웃고 있다

구름 속 뭉게구름 지나 무지개빛으로

2

꽃 속에 꽃이 핀다

사랑나무

계수나무 닮은 사랑나무
아담한 사랑나무 명패를 걸고
주인을 기다린다
앙증스런 애기입술 닮았다

다육이과에 속한 사랑나무
핑크빛은 꽃이 아니고 잎이란다
얼마나 꽃이 그리워 초록을 감추고 핑크빛일까

너와 나 만남도 인연이라
눈빛 고요한 둥지에
이전한 봄날 기념으로 같이 살자
사랑나무야

양귀비

다홍빛 야릇한 현란함
고요가 깨져 요동칠 때
눈부신 오후

사랑의 불씨 화르르
마음 날개 펼친다

하늘하늘 비단결
정으로 수를 놓아
몸짓으로 말한다

안시리움

세월 강을 누가 막을 수 있나요
검은머리 젊음 태워 머무른 곳
행복한 눈물꽃

아들 딸 손주 손녀 고마운 마음
은방울 고운소리 딸랑딸랑
리듬에 맞추며 함께 가는 길

숨은 멋 찾아 자연의 순리
소리 없는 정을 주고 받아요
아름다운 빛으로 감성의 꽃심
불타는 마음

들꽃의 미소

설렘 속 작은 봉오리
햇살 같은 따스함
송이송이 어우르는 들꽃의 자유함

언제나 벙글벙글
마주보며 피어나네
보듬고 볼 비비며

환경도 초월하는 들꽃의 사랑
눈빛으로 반기며 다가온다
고운 빛으로 안기는 꽃향기

세미원 연꽃 피던 날

연꽃 연분홍 미소 지을 때
둘이 걸었네 그 시절 그리워
다시 찾는 날

홍련 백련 마주보며 웃음주네
비온 후 황토빛 물결
직사각형 징검다리 건너던 연인

뒤 따르던 발길 머물고
두 손 잡고 건너는 징검다리
노을빛 그림자 아름다워 셔터 누르는 소리

하얀 눈물

날개 펴듯 푸른 잎 솟아오른다
미스 홍 콧대처럼 당당하게
부푼 꽃망울 첫사랑 만나듯

어느 날 갑자기 불어 닥친 태풍
꽃대는 견디지 못하고 꺾어진 상처
부목을 대고 영양제를 주고

수액을 끌어 올릴 수 없는 걸 알면서도
보름이 지나도록 기다렸지만
이른 아침 꽃송이 바닥에 누워 인사를 한다
퇴색되어 가는 너의 빛 응시할 수 없어
너를 재우며 하얀 눈물을 삼킨다

석란

소리 없이 길을 튼다
바위틈새 가냘픈 몸짓
실금사이 생명의 꽃

고요한 숲 향기 품어
무아의 경지
금빛으로 피어난다

유연한 춤사위
이슬 젖은 꽃잎
달이 지고 오고 간 인연
보랏빛으로 물든다

백일홍

자주 내리는 빗방울에
백일홍 꽃무리 지쳐있다
상처 입은 꽃잎 퇴색 되어버린 백일홍

한 구석에 남은 에너지
피우고 싶은 욕망 끓어올라
붉은 빛 노란 미소
백일은 살아야 해

백일을 핀다는 백일홍
꽃잎은 천일 만일 살고 싶다
소리치고 싶은 백일홍

산마을 숲길

마음까지 시원한 산마을 길
크고 작은 풀꽃이
미소로 반기는 길

그리 높지 않은 좁은 길
갈수록 묘비만 보인다
시간이 머문 곳

병풍처럼 둘러싸인 소나무 숲
둘레길 나뭇잎 노란 물을 마시고 있다
둥글둥글 여유로운 자연이 주는 선물
숲은 마음의 쉼터

밤바다

조용한 밤바다
파도도 잠든 밤
하늘빛 밝아오면

모래알도 사르르 깨어난다
수초도 바위를 휘감고
큰 고래 등을 타고

은빛 물고기 떼
큰 바다 신비 속 여행
붉은 멍게 진주조개

바다 속 환상의 세계
흘러 흘러서
태평양을 건넌다

들길을 걸으며

쑥부쟁이 보랏빛 꽃잎 갈래갈래
노란 꽃심 봉긋
벌 나비 기다리는 마음

풀숲에 가리어 보일까 말까
한송이꽃 생긋 웃으며
순간을 기다리는 여유

향기 잊지 않고 날아오는 왕벌
달콤한 꿀맛
열아홉 날개 바람에 날리며
스물 세 개 꽃잎 바라보는 눈빛

산수원의 넝쿨장미

산수원의 정경은 사시사철 정감 있는 곳

여름 한 낮 태양과 같은 열정

아직도 못다 한 사랑 남아서

빨갛게 꽃을 피우는 넝쿨 장미

추위가 무슨 대수냐

이 파란 하늘 바라보며

시들 줄 모르고 리듬에 맞춰

홀로 마지막 연가를 부른다

나팔꽃

지난 밤 별과 함께
무슨 얘기 했을까
이른 아침 나팔 불어요

오후 햇살 부끄러워
수줍은 꽃잎 애벌레처럼
돌돌 꽃심 감추고 있나

탱탱한 씨방 속 까만 씨앗
햇살 바람 빗방울 함께했던 순간
고마운 줄기 해마다 울타리
오르내리는 나팔꽃 행복

서쪽 하늘빛

오후 햇살 한자락 남겨놓고
노을 빛 서쪽으로 기울고 있다
찬란했던 시간 순간을 스치는데

달리는 길 위에 하루를 내려놓고
지척의 거리 천리보다 멀기만 하다
빛바랜 나뭇잎 서러워마라

시간을 태우고 새로 태어나는 숲
나무는 열매로 말한다
열매 속에 희망이 자라고 있다

바다 속에서 바다를 본다

눈앞에 펼쳐지는 산호의 물결
유유히 유영하는 거북이
스프링 버블을 본다

아름답고 잔잔한 바다 속
뜨거운 용천수 보글보글
바다 속에서 반숙이 된 계란

다이버는 만면에 미소
입안에 행복이 머문다
붉은 노을빛 해무리가 장관이다

관광선은 섬마을을 달려간다
아이들은 둥근 고무통에
몸을 담고 검은 고무신으로 물길을 가른다
기우뚱 기우뚱 물속에서 재주를 넘는다

환희

눈부신 햇살 속
노오란 둥지 안의 숨소리
귀 기울이는 다홍빛 열매

무지개처럼 떠오르는 경이로움
맑고 고운 예술 같은 신비
그 길 끝에서 만난 가을 빛

기다림이 길수록 안타까움
긴 터널을 건너 되돌아온 날개
끝없는 미로의 경이로움

느티나무와 정자

느티나무 곁엔 정자가 있고
사랑의 그림자도 스치고 갑니다
낮달이 웃고 보름달의 미소엔
애잔한 눈빛 너머 자취를 감추고

그리운 얼굴 기다리는 길목
순결한 천사의 이불은 따뜻합니다
목마름은 물방울을 만들고
태양의 왼쪽에서 꽃을 피웁니다

꽃 속에 꽃이 핀다

대롱대롱 가지에 달린 물방울
떨어지기 싫어 바람을 외면한다
햇빛을 쓸어안고 사라진 이슬방울

꼭 잡고 싶던 시간의 길이도
한 마디 남기지 않고 무심히 돌아선 길
사라진 시간 그리움이 아른거린다

돌담 지나 햇빛만 지나가는 숲길
가지마다 그리움 걸려있고
거미줄에 은방울 맺히고

고목나무 틈새 고운 잎 내밀고
가깝고도 먼 초롱꽃
바람에 흔들릴 때 꽃 속에 꽃이 핀다

노래하는 빈치새

햇빛이 흐르는 소중한 둥지

바람 같은 시간 위에 세월이 앉아 있다

무아로 그려보는 마음 속 그림

바람은 공간 속을 헤치고

마음이 달려가고 싶은 곳

너울너울 노을빛은 끝이 아니라 시작이다

생명을 뿜는 소리

소리로 짝을 찾는 빈치새

오늘따라 높은음 소리

나뭇가지 휘청인다

카랑코에 행복

바다 같은 푸른 잎 위에

붉은 빛 얹어 놓고

행복을 지어요

고고한 란의 향기 아래

감춰진 꽃잎

피어나는 생기

기쁨 속 뜨거움 쌓이는 기억의 회상

지난 시간과 다가오는 공간빛

시절도 뛰어넘는 사랑빛 카랑코에

잃어버린 시간

울림 속 겹쳐진 시간
어김없이 내일이 오고
푸른 잎 살랑살랑 하늘을 본다

한발 두발 내딛던 시간
꽃비 내리고 갈증이 해소되던 날
그리움의 물빛 비워둔 공감을 채운다

회색빛 이쪽저쪽 닮은꼴
돌고 돌아도 그 자리
가깝고도 먼 길 깊이 모를 미로의 갈등

그 사람은 어제 일을 까맣게 지웠다
한 자락 노을빛 서러운 순간
기억을 살릴 수 없는 허탈감
일상은 숨바꼭질 다람쥐 쳇바퀴 생활
하루가 불안정하다

별꽃의 하루

스투키도 군자란도 청춘이다
너를 볼 수 있어 기쁘고
시를 쓸 수 있어 행복하다

찰랑찰랑 한 잔의 커피를 마실 때
그리움과 애잔함이 흔들린다
마음 한 쪽의 절절함 닿을 수 없는 거리
문득 고요가 깨져 요동친다

시절이 아프다 해도 반달의 반쪽
채워주고 싶은 반쪽의 굴레
서로의 안녕을 바란다

속사리 계곡

청정 계곡 속사리엔
계곡물 바위돌 씻기는 소리
탱고 춤을 춘다

사방 나무숲만 바라본 엉겅퀴
벌개미취 하늘만 바라보니
키다리 아저씨가 되었다

흐르는 계곡물 리듬따라
줄줄이 미소로 반기는 물봉선
분홍빛 입술로 화답하는 곳

헛개열매 울퉁불퉁
산마루 지킴인 양 발길 잡고
뒤돌아보니 초록풍선 닮은
산마열매 부드러움에 입맞춤하다

용평숲 천궁꽃

맑고 고용한 숲
너무 깊고 깊어 새들도
둥지를 외면하는가

종일 새소리 들리지 않는다
바뀐 환경 세포는 마냥
평온을 유지하고

하얀 족두리 쓰고 향기 날리는
탐스런 천궁꽃 자태
가을 숲 약초 향기 온 몸을 감돈다

까만 밤 밝게 비추는 달님
어찌 그리 반가운지
시집가는 순이 가슴 쿵닥쿵닥
달님 보며 달래는 숲속의 밤은 깊어간다

만경강

하늘도 흐리고 비가 내릴 듯
빗방울은 떨어지지 않았다
서울에서 내려온 여인의 웃음소리

만경강 흘러가며 낄낄 웃는다
바람도 환영하듯 술렁술렁
춤추는 갈대

산새들의 만찬
풀벌레 방아개비 덩달아
엉덩방아 찧는 즐거운 한 때
만경강은 유유히 흐른다

3

삶의 기쁨

가을이 깊어가네

단풍잎 한들한들 흔들림의 시간
지나 버리고 그 자리 나무의 의연한 자태
겨울을 품고 있다

봄은 멀리 있지 않다고
바람이 업고 간 세월
부드러운 선율 타듯
그 모습 그대로
가을이 깊어만 가네

강물에 비친 황금빛 잎사귀
추억되어 쌓여지는 행복
숲의 밀림 속 속삭임의 하모니
금빛 되어 흐른다

대봉감

아버지 주먹만한 대봉감
처음 마주할 때 느낌
부드러운 달콤함의 하모니

얇은 껍질을 벗긴다
이리보고 저리 보아도
어느 한 곳 만만치 않아
달래가며 해체를 한다

빈틈없는 속살, 젤리 같은 쫀득함
달달함에 저절로 눈이 감긴다
스르르 감꽃 향기로 쓰러진다

블랙커피

가을비 내리는 창가를 바라보며
따끈한 커피 향을
음미한다

해님은 구름 속 숨바꼭질
물씬 풍겨오던
그날의 향기

고요한 풍경 안에
자아만큼 피어나는
웃음소리

미완의 질곡 속
존재의 기쁨
가을 연가에 마음을 기댄다

시월의 회상

단풍은 말하네
푸른 빛 청춘으로
아홉 달을 보듬으며

시월이 되면 마지막 밤이라고
사방에서 울려 퍼진다
파르르 힘 빠진 단풍
한마디 남기지 못하고 뒹구는 낙엽

가지에 매달린 그리움
노란빛 붉은빛 혼불을 태우는
시월의 불꽃

별을 닮은 꽃

초록 여행 떠나는 전날처럼

설레임에 잠을 설치고

언제나 매혹적인 빛으로

말 없는 눈빛으로 내안에 기대어

내 전부를 온 몸으로

속정 삭이며 정 담아 바람을 맞이하네

늦가을 홀로 피어있는 너를 본다

붉은 빛만 꽃이더냐 살구빛 수줍음

사랑빛 별을 보듯 사랑목을 바라본다

하루

오늘도 그리움 한 줌 재워놓고
사랑 한 줌 채워주고
빛으로 변한 한 송이 꽃

소중한 시간의 흐름 따라
높낮이의 리듬으로
마무리 하는 걸음걸음

나팔꽃이 피었다
오물대는 호후
하루의 행복은
마음이다

자작나무

초겨울 무심한 바람 앞에
한 송이 장미의 자존감을 진단한다
싸늘한 기온의 의연한 자태

첫눈 내린다는 소설
그림자 눈빛 마중 가려나
공원 수비대 듬직한 자작나무

그리움 흔들며 달려오려나
눈꽃바람 불어오는데
저 높은 하늘 향해 브이자를 펼친다

입안의 홍시

감나무에 별꽃이 피었다
봄날의 버터 빛이 흐르던 밤
우유 빛 꽃송이 툭툭

꽃잎 떨어지고 꽃받침 속 파란 보석
가을빛과 주고받은 정
오물오물 입 안에서 녹아버린 꿈

마음의 화선지 펼쳐놓고
둥글둥글 그려보는 홍시
터질 것만 같아 가슴으로 받았다

아름다운 황혼

능선을 오를 때 가슴 속 울림
청춘의 두드림은 언제였나

고운 무지개빛 끌어안고
솔향기 폴폴 날리던 그날
꽃잎 마주보며 꼭짓점을 이루고

푸른 잎에 기대어 해님 기다리는 꽃잎
봇물처럼 밀려와
구름처럼 떠도는 그리움

노을빛 태양을 삼켰는가
거꾸로 쏜 화살
아름다운 황혼빛이다

세월 속에

가을의 느낌은 사랑의 기쁨
여물어 가는 씨앗의 탱탱함
발그레 익어가는 열매의 완성

알에서 깨어나 날개 짓 비상
새끼를 바라보는 어미의 눈빛

달님과 별빛의 교감
안개구름 속으로
속절없이 가버린 시간

진정한 감사의 시간
빈 둥지의 포근함
넘치는 소리의 행복

보름달

보름마다 꽉 차오르는 만월
창문 앞 소리 아닌 밝은 빛으로
사랑을 전한다

주고받는 눈빛
마주칠 때 너와 나의 미소
달 속으로 찾아가는 그리움

보름동안 살찌우는 소리
우주 속 오묘한 조화
세상의 농담도 모르는 보름달

한계령

시월의 나뭇잎 사방으로 한 잎씩 물들어간다
쭉쭉 뻗은 아름드리 적송
바람이 불때마다 시간의 나이테

굽이굽이 돌고 돌아 한계령 고개
바위산 단풍 빛으로 마음을 품고
너를 안고 하늘을 본다

계곡 물소리 리듬 따라
온몸으로 춤추는 코스모스
한들한들 반기는 가을 빛 미소
그리움은 그리움대로 흘러간다

삶의 기쁨

고운 단풍잎 발밑에 떨어질 때
그리움 바스락 바스락
한 귀퉁이 여백을 채운다

솔숲에 시간의 나이테 지나
봉긋이 숨어 피는 자연 송이
오감을 놀라게 한 맛과 향기

무엇을 채우려 했던 상상의 파도
붉은 꽃망울 터지는 약속
걸 수 없는 그림 마음에 걸고

송이 맛 향긋한 공간
잎사귀 물드는 가을
축제의 몸짓이 되고 싶다

하늘의 별

반짝이는 저 별 유난히 큰 별 하나
동쪽 하늘만 차지하고 있구나
숲속 공간엔 작은 별 하나만 보이는데

별님 창가에 와서
"창문을 열어다오"
하는 이유를 아시나요?

마음을 다스려 사랑을 지켜주고
그리운 사람을 가슴에 심으라
시월의 마지막 밤
잠 못 이루는 시월의 멜로디

공기돌

공기돌 놀이를 왼손으로
잘 하던 친구
몹시 부러운 눈으로 바라보았지

세월꽃은 지나고
강산도 수십 번 변했지
빛바랜 앨범이 추억을 묻고 오네

발가락이 예뻤던 소년도
세월 강 따라
단풍숲 찾아 왔네

두 마음 채워 줄
아름다운 향기
어깨동무 하던 시절
물방울 소리 귀 기울이는 계곡

하와이 무궁화

정열적인 꽃빛이 곱고 고와
원산지와 무관한 명칭을 달고
눈길을 끈다

다섯 장의 꽃잎
꽃술 꼭지점 다섯 개의 빨간 반점
매력 포인트다

새순 가지마다 맺히는 봉오리
피고 지는 꽃송이 고혹적
고운 빛으로 마음을 사로 잡는다

* 히비스커스라 부르기도 한다

꽃등

꽃잎 떨어져 날려도
꽃등처럼 환한 마음
꽃처럼 향기이고 싶다

빈 가슴 채워줄 꽃잎의 향기
마음과 마음을 나누는
순수한 영혼

꽃을 피우기 위해
바람과 비에 휘청거려도
그리운 열매 이슬처럼 털어낸다

가을산

가을산은 크고 작은 나무를 품어준다
찬바람에 떨어질 잎들 사그락 사그락
서로 위로한다 인간의 마음도
산을 닮았으면 좋겠다

곱게 물들어 조건 없이 주는 풍경
그것 또한 하느님이 주신 복이니
마음대로 할 수 없음을 알면서도

뒹굴며 서로 보듬는 낙엽
참으로 아름답다
바람에게 한 줌 주었다

해바라기

태양을 닮아 해바라기가 되었네
헤일 수 없이 많은 씨앗
빈틈없는 공간을 채워주고 있다

틈새를 내주고 싶지 않은 듯
십자수를 놓는 듯 조밀하다
황금빛으로 몰입되는 꽃의 묘미

노란 꽃잎 회색빛 보석을 채우고 있다
닮아가는 기쁨
채움의 만족

그 모습 황혼빛 하늘 향해
수를 놓는다
어디론가 떠나고 싶은
꽃잎 날리며 새털처럼

춤추는 꽃송이

시절의 기다림 수줍던 꽃망울
오후 햇살에 여민 꽃잎
풀어헤친 꽃송이

누구의 선물인가
낮에는 햇살의 열기
밤에는 달님의 속삭임

소풍 같은 인생길에
꽃잎 사랑 얹어 놓고 꽃의 인연
그리움으로 수를 놓는다

몽실몽실 부풀은 봉오리
물방울로 피어낸 꽃송이
찬란한 황금빛 열정의 꽃
백년 꿈이 피어난다

인생은 사랑이야

바람이 귓전을 스치며 하는 말
사랑도 모르는 바보
바보야

물음표에 매달리니 들꽃이
빙긋이 윙크한다 사랑 빛이다
동그란 눈으로 사랑 빛을 보았다

사랑의 온도는 높고 낮음
감정의 변화 흐림 속 비바람 쳐도
모든 걸 초월할 수 있는 사랑의 힘

가슴 쓸어내리는 안타까움
속정 삭히며 주어도 주어도
모자란 사랑 강물처럼 흘러가리

겨울나무

통유리 열두 줄 바람이 스쳐간 자리
그날에 풍성했던 마음 곱기만 했던 단풍
우리가 함께한 순수했던 시간

삶의 계절에 가슴으로 취하던 날
그 향기에 끄덕이며 바람 속을 걸어간다
긍정의 눈빛으로

오늘따라 외로운 가지 애처로움
겨울바람 때문일까
세월의 스산함일까
찬바람 마주하는 겨울나무 봄을 기다리는 마음

남아공 선인장

아프리카 선인장 담벼락 틈 사이
수줍은 아씨처럼 청순한 얼굴
태양열에 목이 타

가슴 한 복판 우물을 품고 있다
가련한 꽃술 강강술래

남아공 자비량 J 선교사 부부
연분홍 꽃잎 사이사이
사랑의 마음 손 모아 기도하는
천사의 노래 꽃술처럼 아름답다

남아공 · 선인장

파도

바위를 향한 그리움
순결한 빛으로 출렁인다
아무도 갈 수없는 물칼을

철썩철썩 출렁이는 리듬 따라
바위를 부딪치고
바람에 맡겨버린
파도의 몸부림이 자유롭다

빈 공간을 채워주듯
하얀 포말은 넘고 또 다시 넘는다
물빛으로 빚은 무지개꽃 피우며
파도의 숨은 물결 모레톱을 쌓는다

4

따개비와 조약돌

초록빛 둘레길

초록잎 나폴 나폴 반길 때
노오란 민들레 방긋 웃었지
그 날의 기쁨은
노랑나비도 춤을 추었지

창가에서 손을 흔들어 주던 친구
추억이 아름다운 것은
사랑 빛이 가슴에 남아있기 때문이고

토끼처럼 초록빛 둘레길을 가볍게
혼자 걸으면 자유롭고
둘이 걸으면 행복하고
셋이 걸으면 다정하고

멀지 않아 파릇파릇 새순이
갸웃갸웃 서로 바라볼 때
하얀 토끼 쪽문에 도달하겠지

어청도 홍합

수십 년 바다의 짭쪼롬한 물맛에 취해
큰 바위에 찰싹 붙어 살았네
단단히 무장한 껍질 속살을 살찌우며

거센 물결 마주한 아득한 시간
바위인가 착각한 따개비 촘촘히 터를 잡고
수초도 기분 좋아 살랑대는 어청도

홍합의 바다 닮은 넓은 아량
검은 지붕에 홍보석 꽃을 피워낸
홍합의 변신

꽃잎의 소야곡

몽실몽실 줄기에 매달린 꽃망울
한 송이 두 송이 피어나는 환희
향기 품은 꽃잎 흘러내리는 감성

피어나기 전 외로움
속으로 삭히는 꽃망울
온기 하나로 피어나네

희망을 전하는 겸손한 꽃잎
꽃송이 지는 순간까지 간직한 향기
닮고 싶은 꽃 마음 그 향기에 취해
노을빛에 기댄 꽃잎

봄날의 기쁨

봄기운에 흙무덤 파헤치고
꼬물꼬물 순결한 새싹
쏙 내민 얼굴

숲속의 바위틈새 비집고
자주빛 이름 모를 저 꽃
암반수 퐁퐁 솟아오를 때
목 축이는 그 입술

가지마다 연두빛 입술마다 휘파람 소리
벅차오르는 생의 계절
숲속을 깨우는 봄의 교향곡
메아리 되어 울려 퍼진다

느티나무

마을로 들어가는 황토길
마을 지킴이 동구 밖 느티나무
강하고 곧은 절개
500년 풍상을 겪으며 의연하다

봄 여름 가지마다 푸른 잎
빈틈없이 부여안고
바람과 함께 춤추는 느티나무

가을엔 붉은 단풍 빛으로
황홀함의 극치
겨울엔 나목으로 삭풍을 맞으며
그 미를 기다리고 서 있다

사랑의 노래

송이송이 꿈을 모아
길게 느껴지는 그리움
에머랄드빛 호수에 감미로운 선율

달은 떠서 호수에 흐르고
바람 불어와 숲속 꽃향기 짙어지고
부딪히는 바람에 사랑을 전한다

호수와 바람의 인연
시간의 끝에 다다르기까지
바람 불어 좋은 날 그대 안의 꽃이 핀다

향기

유색의 향기
내 마음 가득
기쁨 안고 촛불 된 마음

숭고한 아름다움
예나 지금이나
변치 않는 꽃 빛으로

부드러운 햇살
쏟아지는 아침이면
바람처럼 스며오는 그대의 향기

꽃사랑

그리움을 안고 사는 사람은
삶 위에 또한 삶을
끌어안고 사는 거야

꽃향기 맡으며
꽃과 눈빛 주고받는 사람은
행복 위에 사랑을 품고 사는 거야

가슴에 간직한 하나의 꽃
노을빛 영혼을 태우는 아름다운 꽃이야
향기 폴폴 꽃잎을 태우리

매화와 달님

나목의 가지에 갓 피어난 매화
발그레 홍안의 미소

어둠을 밝혀주는 홍매와 백매
달님이 찾아와 살며시 보듬는
신방의 끈끈한 정

몽글몽글 꽃봉오리
따스한 사랑에 날개 피듯 피어나
기쁨주고 사랑받는
봄밤의 향연

그리움

그리워 그리워도 그립다 말 못하고
꽃잎만 만지작만지작
세월의 동그라미 안에 미소를 보낸다

내 안에 뜨는 별은
내 마음을 향해 웃음 주고
새벽이 지나가는 빛을 본다

어느 날 마음의 길이 트여
한적한 공간 우거진 숲을 지나간다
그리움이 사무쳐 꽃향기에 기대어
그대랑 걷는 길이 한없이 머언
길이었으면 참으로 좋겠다.

구름 낀 하늘

아침이 어둡다
허공을 헤치듯
마음을 헤집고 멀리 나는 새

푸른 파도
세찬 풍랑 더 세게 부서져라
뻥 뚫린 마음

거짓 없는 파도의 하얀 거품
파도는 알겠지
세월 강 거스르면 평온한 수평선

갈매기떼 줄지어
하늘 길을 질서 있게 날아간다
비가 오려나 수평날개 펼친다

섭리

나무와 꽃은
피할 수 없는 숲속의 인연

꽃과 나비는 순간의 찰라
소중한 결실의 희망

인연의 삶의 굴레
손바닥 안에 오르내리고
물로 빚은 열정 흘러
어깨기댄 눈망울
꿀벌처럼 속삭인다

별빛이 흐르네

봄 향연을 펼친 매화나무 곁에
가지마다 벙글벙글
연분홍 꿈을 꾸더니

하루 밤 사이 벚꽃이
활짝 열어 밤하늘
별빛처럼 흐르네

청춘의 빛은 그늘에서 멈추고
외나무다리 출렁거릴 때
사계절의 천진한 웃음 어디로 갔나

산모퉁이 돌고 돌아
나의 등 뒤에서 따라오는
웃음소리 가까이 들려온다

안면도

방포항이 바라보이는
펜션에서 끝없는
푸른바다를 품어본다

꽃게 다리를 지나
남편을 기다리다 깊어진 한숨
섬인가 바위인가
나무를 보듬고 있다

석양빛 은빛 물결
사진작가의 눈빛 찰라의 순간
바람도 멈칫 방향을 잃었다

할배를 기다리는
할매의 간절함 보다 더 함일까
돌아오는 길 내내
할매의 얼룩진 치맛자락이 눈에 밟힌다

따개비와 조약돌

물결 출렁거릴 때
너 와나 미끄럽게
가까운 사이
썰물 때는 물 동그라미 인데
밀물때엔 바람소리 새소리
365일 웃고웃는다
어느순간 조약돌에 찰싹붙어
휘파람 불며 속살 키우는
따개비 너 와나는 천생연분
파도에 휩쓸리며 한몸이된
따개비와 조약돌인연

어느부부

우연히 만나 고향도 다르고
서로도 다른데 어찌 시계바늘 돌고돌아
한두 눈맞아

사랑이란 두 글자 가슴에 새기며
아름다운 꽃 피우고 향긋 피우니
효도하는 아들 딸 고와
세상부러움은 간곳 없어라

119

바위 신념

세월의 허무함

후회 없는 삶 어디 있으랴

꽃 진 자리 돌아서면

푸른빛 찬란한데

변함없는 속정

찾아오는 온정

바위는 사계절을 보듬어준다

심어 놓은 꽃 사랑을 지켜주면서

따개비 사랑

사랑은 동그라미
동그라미 안에 사랑 꽃이 피어나

설렘과 그리움이
사랑인 줄 몰랐던 따개비
조약돌 곁에서 떨어질 줄 모르네

사랑은 천상의 기쁨
동그라미 안의 아름다움
돌고 돌아도 언제나 사랑 노래 부르네

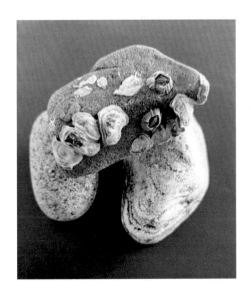

파푸아뉴기니 우까룸빠

잭슨빌 국제공항 파푸아뉴기니
우까룸빠 센터를 향해
38시간 만에 도착한 선교사 가족

1000개가 넘는 섬으로 이루어진 태평양
멜라네시아에 속한 파푸아뉴기니
공용어 피진어를 배우며 함께 생활하기

부카와 부족마을에서 생존 연습
바다낚시로 생선을 잡고
바나나와 타로(토란)가 주식이다

신의 열매 노니와 코코넛
한 밤중에 악어잡이 나가기 전
몸으로 말하는 간절한 기원 세피카 원시부족

믿음으로 행하는 선교사의 길
항공선교사로 부름 받은 선교사 가족
우까룸빠에서 동역할 다섯 가정의 가족

믿음은 고요하지만 평안함과 성령의 도우심으로

기도의 지경을 넓혀 주시고

영적인 전쟁에서 승리할 수 있게 하소서

모란꽃

때 묻지 않은 함박웃음
바람결에 흔들리며
겹겹이 쌓인 그리움

기다림의 무게
고요한 침묵을 깨고
화들짝 순간 피어난 꽃

꽃잎 떨어짐의 아쉬움
스스로 품위 있게 한 잎 두 잎 내려놓고
별빛 쏟아지는 날엔
마음의 창을 두드린다

연두빛 초록빛

새싹의 촉이 뽀얀 빛으로
흙덩이를 들썩입니다

머뭇거린 시간 앞에 미련을 던져버리고
강가에도 연두빛 생명이 파르르
바람에 한들한들 거립니다

미완의 꽃봉오리 태양 빛에 부풀어
탱탱한 봄 알 수 없는 의미를
짙은 향기로 손짓하는 지울 수 없는 연두빛
선물 같은 초록의 소리 도란도란 속삭입니다

고향친구

웃음소리 가득했던 맑은 공간
저마다 가슴 뛰던 청운의 꿈
맑은 시냇물 조약돌 구르는 소리

반세기를 지나 검은 머리
백합꽃 피어나네
비가 오나 눈이 와도 야무지게
십리길 오르내리던 친구

아카시아 향기 아련한 시절
하얀 그리움 수많은 날의 정다움
노을빛 붉게 춤추는 서쪽 하늘
옛 모습 파노라마 되어 흐르네

들꽃

노을빛 산 그늘질 때
상상 속 피어나는 잔잔한 꽃무리
미소 번지는 공간 사이사이 오르내린다

숲속의 속삭임 기억하듯
여정의 고운 빛 기다림 끝에서 부는 바람

작은 가지 소망의 등불 달고
새소리 들리는 언덕에
입맞춤 하는 산 그림자

황홀한 꽃잎

꽃 속에 꽃심
외로움 달래주는 붉은 반점

숨은 사랑 곱게 펼치며
쌓아올린 영혼의 빛

꽃처럼 사랑은 오고
사랑은 꽃잎의 이슬이 된다
꽃빛으로 스미는 봄

다홍빛 꽃잎 속 붉은 반점
어느 꽃보다 아름다운 극치의
마침표를 찍는다

숲길

추억으로 가는 텅 빈 공간
초록빛 붉은 잎 느낌표 하나 찍어 놓고
가지마다 사연을 들쭉날쭉 걸어 놓는다

순간을 영원으로 간직할 수 없을까
억새풀 서걱이며 온몸 흔들리던 숲길
버티고 견디어 온 시간

사무치는 열정 꽃을 사랑하고
새벽을 깨우던 바람소리
향기처럼 맴 돌던 다정한 메아리
보이지 않는 내안의 숲이 깊어간다

장미의 속삭임

한줄기 퍼부은 소나기
장미의 눈물은 진주빛
겹겹이 쌓인 정 포개진 그리움

들장미 바람에 한들거릴 때
깊은 계곡 바람의 힘 파장을 일으킨다
은은한 향기 침묵 속에 행복

송이송이 부끄러운 미소
순간 꽃잎 열어 맞이하는 열정
사랑 빛으로 톡톡 터진다

존경하는 아버지

하늘에 달님 같으셨던 나의 아버지
어릴 적 기억이 떠오른다
중국침서 한자를 빼곡히 쓰셔서 천장에
도배를 하시고 한의학을 통달하셨다

여유 시간에는 흘러간 옛 노래를
휘파람 불며 구성지게 부르시던 아버지
항상 함께했던 딸도 옛 노래를 즐겨 부른다

평생을 아픈 사람 치유해 주셨는데
어느 날 갑자기 뇌경색으로 입원하셨다는 소식에
믿을 수 없어 멍 하니 주저앉아 맥이 풀리던 날
딸에게 임종의 시간도 피하셨던 아버지

삶의 길에서
"정직해야 한다, 자신을 이겨내야 한다."
그 말씀을 붙잡고 늘 부르셨던
'번지없는 주막'을 불러봅니다
사랑합니다, 아버지

해설

사랑꽃이 전해주는 따뜻한 선물

윤석홍 시인

사랑꽃이 전해주는 따뜻한 선물

윤 석 홍 시인

시는 시인의 마음 거울이다. 마음에 지니고 있는 진실을 꾸미지 않고 있는 느낌 그대로 솔직하게 글로 담아냈기 때문이다. 『사랑꽃』은 『희망꽃』에 이어 두 번째 펴내는 시집이다.

이 시집은 자신이 가지고 있는 생각을 글로 간결하면서 함축적 있게 표현해 냄은 물론 자연, 가족, 여행, 꽃 등을 소재로 다양한 시를 만들어 내고 있다. 그 중에서도 꽃을 소재로 한 작품이 눈에 띈다. 아마도 꽃에 관심이 많다보니 더 이상 미룰 수가 없기에 그 동안 느끼고 배우며 익힌 사유의 감정이 작품 곳곳에 담겨진 것이 시심을 관통하고 있다.

이 시집에 많은 꽃들이 나오는데 그 연유를 생각해봐도 가장 좋아하는 꽃은 시인 자신이 아닐까 싶다. 시인의 말에 '풍경을 보고 꽃을 보면 순간 느낌이 살아 사진을 찍고 시를 쓰며 꽃잎 속 내 안의 이야기를 주고받는다. 조용한 숲길 들길에서 너의 고운 빛, 나의 마음 포개질 때 서정의 둥지 되어 참된 삶의 멋을 알고 기쁨을 나누니 더한 행복이 없다. 오늘도 한 송이 꽃을 향해 발길을 옮긴다.'라고 썼다.

이처럼 꽃은 자신을 둘러싼 이웃에게 아름다움과 향기를 아낌없이 나누어주고 베풀어 주기 때문이다. 시인 자신도 그 같은 생각을 갖고 있었을 것이고 꽃들에게 보내는 무한한 믿음과 미안함을 잊지 않았다는 것을 보여주고 싶었을 것이다. 그것은 어떤 대상에 몹시 끌리거나 정이 들어서 지극히 아끼고 사랑하기에 늘 가지고 다니는 휴대폰으로 촬영한 하찮은 꽃 사진 한 장이라도 나름대로 추억이 다른 어떤 것 보다 애착이 갔을 것이다. 그 애착은 남다른 관심과 정성이 깃들어져 있는 대상에 대한 가치에서 비롯된다는 것을 믿었는지 모른다. 다시 찾아오지 않는 기회와 상황, 자신만의 창작에 대한 소중함을 간직하고 싶은 마음이 아닐까 여겨진다.

시는 자아自我와 타아他我의 동일화 지점에서 탄생한다고 한다. 여기서 자아는 '시인'이고, 타아는 '시적 대상'이다. 그러니까 시는 시인과 시적 대상이 만나는 지점에서 태어난다고 할 수 있다. 시적 대상은 무수히 많을 것이다. 시인의 내면에서 잠재하고 있는 또 다른 시인일 수도 있고, 다른 사람이거나 자연이나 사물일 수도 있을 것이다. 시인과 시적 대상의 동일화는 시적 영역의 확대로 볼 수 있다. 시인이 현재 자신의 자리에만 머물러 있지 않고, 시인이 시적 대상이 되고, 시적 대상이 시인이 될 수 있을 때, 비로소 시인은 자기만의 제한된 시적 영역에서 자유로울 수 있기 때문이다. 시적 영역을

확대할 수 있다는 함의로 보여진다.

시인이 바라보는 대상은 '꽃'이다. 「산벚꽃」「바위샘」「애기똥풀꽃」「백일홍」「치자꽃」「채송화」「해바라기」「모란꽃」「목련」 등 작품 곳곳에 꽃 이야기들로 가득하다. 이처럼 굳이 시의 역사를 탐구하지 않아도, 꽃에 관한 시는 많아 자칫 관습적인 인식이나 흔한 감상으로 빠질 위험을 경계해야 할 수도 있을 것이다. 더하여, 상투적인 묘사나 표현의 따분함도 극복해야 할 과제임은 말할 필요가 없다. 적잖은 노력 없이는 고금의 수많은 시인이 선점하여 노래한 꽃에 대한 서정과 견줄 만한 참신성과 새로운 감동을 끌어내기가 쉽지 않을 것이다.

시인의 시적 대상인 꽃에 대한 시가 감동으로 끌리는 이유는 무엇일까? 시인은 꽃의 본성을 생명의 영원한 순환의 시선으로 바라보고 있기 때문이다. 그 영원성은 꽃이 가지고 있는 태생적인 믿음일 것이다. 꽃은 피었다가 때가 되면 진다. 그것은 끝이 아니라 다시 필 날을 기다리면서 내면의 생명력을 키워가기 때문이다. 꽃이 보내는 향기와 소리를 듣기 위하여 가까이 귀를 기울여 듣고, 하고 싶은 말을 마음에 고스란히 담아 놓았을 것이다. 사물을 대하는 감각이 예민한 것은 하나하나 관찰을 통하여 떠오르는 느낌을 그때마다 기록해온 덕분일 것이다. 그러한 집중은 평소 꽃이나 자연 풍경을 만나는 계기가 되어 자양분을 스스로 축적해 왔을 것이고 무엇을 어떻게 표현할 것인가를 고민했던 부단한 노력이 고스란히 전해져 오고 스스로 시심詩心에 몰입했음을 보여주고 있다.

태양을 닮아 해바라기가 되었네
헤일 수 없이 많은 씨앗
빈틈없는 공간을 채워주고 있다

틈새를 내주고 싶지 않은 듯
십자수를 놓는 듯 조밀하다
황금빛으로 몰입되는 꽃의 묘미

노란 꽃잎 회색빛 보석을 채우고 있다
닮아가는 기쁨
채움의 만족

그 모습 황혼빛 하늘 향해
수를 놓는다 어디론가 떠나고 싶은
꽃잎 날리며 새털처럼

- 「해바라기」 전문

시인이 시적 대상인 꽃에서 찾아내려고 하는 것은 궁극적
으로 생명의 근원적인 삶이 아닐까 싶다. 아무리 아름다운 꽃
이라도, 시도 때도 없이 바라만 본다고 해서 그때마다 새로
운 감흥과 시심이 쏟아져 나올 리가 없을 것이다. 시를 포함한
모든 문학은 궁극적으로 삶의 반영이다. 사람은 삶이 투영된
시는 오래 기억하지만, 그렇지 않은 시는 쉽게 잊어버린다. 시
인은 꽃을 단순히 관조나 관망의 시선으로 바라보는 것이 아

니라, 그 속에서 단단하게 다져진 생명 본연의 삶을 구체적으로 캐내고 있다. 그러면 시인이 말하는 삶이란 무엇일까? 그는 누군가에게 즐거움과 무게와 짐이 되어 떨어지는 꽃과 같은 일생이지만, '꽃잎이 떨어져 날려도/꽃처럼 살고 싶다'는 것은 그의 꽃에 대한 시가 상투적이거나 관념적이지 않으면서 공감을 일으키는 이유이기도 하다.

시인과 시적 대상의 동일화에는 두 갈래의 길이 있다. 하나는 시인이 시적 대상 속으로 들어가는 것, 이를 '투사'라고 하는데 시를 보다 풍성하게 만들어주고, 다른 하나는 시적 대상이 시인 속으로 들어오는 '동화'로 시인 중심의 사고를 담고 있기 때문에 친숙한 시 세계를 보여준다. 이와 같이 시인과 시적 대상이 분리되지 않고 동일화된 시는 깊은 울림을 형성한다. 인식의 단단한 결속을 느낄 수 있기 때문이다. 시인은 시적 대상과의 동일화를 통해 단순한 꽃의 생태나 감상을 넘어 보다 근원적인 삶의 소리를 듣고 보고 말한다. 이처럼 시적 대상인 꽃을 통해 잔잔한 울림의 서정을 들려주고 있다.

「세월 속에서」「아름다운 황혼」「한계령」「그리움」「하늘의 별」「인생은 사랑이야」 같은 작품은 시인이 여러 곳을 다니며 보고 느낀 감정을 있는 그대로 관조를 통해 세심한 관찰은 물론 체험과 상상을 통한 구성과 창조의 공간을 말하고 있다. 이때 시간과 공간의 길이와 넓이는 압축되어 알 수 없는 근원만이 남게 된다. 이때 떠오르는 것은 연상이다. 연상이란 하나의 관념이나 대상으로 인해 다른 관념이나 대상이 연속

적으로 떠오르는 심리적 현상을 말한다. 시적 공간은 헤아릴 수 없는 그 동안 축적한 배경과 서사를 한 순간으로 압축하여 절대적인 의미와 느낌을 보여준다. 수사적 언어보다 시의 본질을 직접 제시하기 때문에 보는 관점에 따라 그 느낌이 달라질 수 있을 것이다.

인간사는 다양한 사람들이 각자의 시각으로 세상을 보고 해석하며 만들어가는 변화와 사랑의 기록일 것이다. 하지만 다양성과 변화라는 말을 곡해하여, 자신의 고정된 틀과 사고를 마치 남과 차별화된 자신만의 독창성으로 착각하기도 한다. 이런 사고는 위험스럽기까지 하다. 세상 만물이 변하고 또 변하는데 어찌 시만 제자리에서 홀로 꽃을 피울 수 있겠느냐고 반문할 수도 있을 것이다. 시인이 시를 통하여 자신의 사유와 인생관을 담아내고 독자와 공유하고 싶은 것은 시류詩流에 편승한 실리의 목적이 아니라 삶의 소박한 사랑의 서정일 것이다. 시인은 적어도 시인인 자신이 쓰고 있는 시가 어떤 사유와 어떤 목적으로 담아내고 있는지를 간단명료하게 밝히고 있다.

시인이 그려내는 꽃, 가족, 자연, 삶이란 대상은 따사로운 이미지를 내포하고 있다. 그의 시적 표현은 누구나 듣고 읽으면 바로 이해할 수 있는 평범한 생활 속의 언어이기에 해석의 사족을 붙일 이유가 없을 듯하다. 그는 쉬운 언어로 세상의 많은 것들에 대해 사랑을 선명하게 형상화하면서 감동을 끌어내고 있다. 사실 좋은 시는 언어가 따로 있는 것이 아닐

것이다. 누구나 알 수 있는 일상의 언어로 전하는 서정의 깊은 울림일 것이다.

한 송이 꽃이 아름답게 다가온 것은
때가 되어 그냥 핀 게 아니지
부드러운 흙과의 인연되어

꽃술을 만들며 단단한 봉오리
한 잎 두 잎 피어날 때
온 힘으로 피어나듯이

꽃 중에 꽃
꽃빛 나눔의 인연
어쩌다 높은 산 바위틈 단풍보다
짙은 인연 꽃 피우나

비켜갈 수 없는 애달픈 인연
마음의 두 글자 인연의 강
유유히 흘러가리

- 「인연」 전문

모름지기 시인은 시를 짓기 전에 먼저 자신의 세계관의 근원이 어디에 있으며 어디를 향하고 있는지를 판단할 수 있고 믿고 있다. 역사의 기록이 이긴 자의 편이라면, 문학은 패배

하거나 좌절당하면서도 담담하게 살아가는 소박한 사람들의 편에 서는 것이라 생각하는 것은 「인연」이란 시에서 보듯이 인연을 소중하게 여기고 있기 때문이 아닐까 싶다. 소위 승리 자라고 우쭐하며 떠드는 성공한 사람의 화려한 이면에는, 크든 작든 힘없는 다수의 땀과 눈물이 얼룩져 있기 때문이다. 그들의 아픔과 절망을 문학의 힘으로 치유하지 않는다면, 시의 가치는 어디에서도 찾을 수 없을 것이다. 따라서 시인이 어떤 세계관을 가지고 시적 대상을 바라보면서 이야기하고 표현할 것인가는 시 짓기에서 무엇보다도 살아가면서 맺어진 인연과 인생관의 문제일 것이다.

지난 밤 별과 함께
무슨 얘기 했을까
이른 아침 나팔 불어요

오후 햇살 부끄러워
수줍은 꽃잎 애벌레처럼
돌돌 꽃심 감추고 있나

탱탱한 씨방 속 까만 씨앗
햇살 바람 빗방울 함께했던 순간
고마운 줄기 해마다 울타리
오르내리는 나팔꽃 행복

- 「나팔꽃」 전문

꽃을 통해 삶을 성찰하고 노래하는 시인의 시선이 지향하는 세상은 사랑이 피어나는 사람 사는 곳일 것이다. 그래서 그의 시를 읽고 그의 시선을 따라가는 우리의 마음도 어느새 맑은 눈이 되어 세상을 바라보게 한다. 꽃들이 한해살이라면 사람은 여러해살이이다. 우주를 빚은 거룩한 손은 자신의 별에 사는 생명체에게 영원한 생명을 주지는 않았다. 하늘 아래 영원히 존재하는 것은 없다. 그것을 알기에 꽃들은 씨앗을 품고, 사람들은 자식을 기르는 것이다. 꽃씨 속에는 '내일'이 있다. 씨앗은 식물성이지만 그 내일은 동물성이다. 살아 꿈틀거리는 유기체다. 그래서 씨앗은 힘이 있다. 찬바람 불고 눈 내리는 겨울도 씨앗을 이기지 못한다. 꽃씨는 지구별을 떠돌다 내년에는 또 자신의 꽃을 피울 것이다. 사람도 사라지는 이름이다. 나도 사라지고 그대도 사라지고 꽃도 사라지고 나무도 사라진다. 사라지는 것은 쓸쓸한 일이지만 사라지기에 아름다운 것이다. 사람도 꽃도 사라지기에 아름다운 것이다.

사랑은 이름 부르는 일에서 시작한다고 생각한다. 이름도 알지 못하고, 이름을 불러 주지 않는다면 보이지도 않고 사랑할 수도 없다. 많은 꽃들이 지금 그대가 이름을 불러 주길 숨어서 기다리고 있을 것이다. 「안면도」 「어느 부부」 「파푸아뉴기니 우끼룸빠」 「존경하는 아버지」에서 가족에 대한 애틋하고 남다른 사랑을 작품으로 보여주고 있다.

하늘에 달님 같으셨던 나의 아버지
어릴 적 기억이 떠오른다

중국침서 한자를 빼곡히 쓰셔서 천장에
도배를 하시고 한의학을 통달하셨다

여유 시간에는 흘러간 옛 노래를
휘파람 불며 구성지게 부르시던 아버지
항상 함께했던 딸도 옛 노래를 즐겨 부른다

평생을 아픈 사람 치유해 주셨는데
어느 날 갑자기 뇌경색으로 입원하셨다는 소식에
믿을 수 없어 멍 하니 주저앉아 맥이 풀리던 날
딸에게 임종의 시간도 피하셨던 아버지

삶의 길에서
"정직해야 한다, 자신을 이겨내야 한다."
그 말씀을 붙잡고 늘 부르셨던
'번지없는 주막'을 불러봅니다
사랑합니다, 아버지.

- 「존경하는 아버지」 전문

이춘희 시인의 시를 읽다 보면 꽃이나 자연 그리고 가족에
비유된 변주가 다양한 삶의 체험에서 우러나오는 생각과 느
낀 점들을 함축적이고 간결한 비유 그리고 다소 정제되지 않
은 시어지만 거부감 없는 직설적인 표현이 오히려 정감을 주
고 따뜻하게 다가온다. 시에서 정서와 생각을 표현하기 위하

여 사물을 바라보며 말을 걸고, 따스한 시선을 보내주며 오랜 사유를 통해 깊은 시적 감성이나 아름다움을 발견하기 위해 몰두하는 모습이 눈앞에 선하다. 『사랑꽃』 시집은 시인이 우리에게 들려주는 따뜻하고 행복한 선물이다.